紅色小布包
管家琪◎著
郭莉蓁◎圖

推薦序

態度決定了人生高度

許建崑（前東海大學中文系教授）

管家琪老師「有品故事系列」套書十冊出齊了！最先發行的《膽子訓練營》、《勇敢的公主》、《粉紅色的小鐵馬》三本書，似乎是帶領著讀者勇敢的跨進四年一班教室。

第一本，藉著新來的同學丹禎放下「隱形朋友」，與班上同學融為一體，作為故事的軸心；卻也可以看見班導陳老師照顧學生的耐心與膽識。第二本，為了班級話劇比賽，全班同學卯足全力，選角、扮演、排戲，還真熱鬧。可是在演出前夕，發現與隔壁班的戲碼相同。扮演公主的繽繽必須變通，而班上的同學又能齊心合作，達成任務，勇敢、機智、合作的特質，呼之欲出。第三本，主題看似「繽繽學車記」，說明

「堅持就能成功」。可是呢？管家琪老師利用繽繽三次與粉紅小馬相伴的夢境，帶來優美而迷離的氣氛；又讓陳老師引導同學思考「二十年後的我」，寫下短文，而文中的每個小小志願，都像一朵朵綻開的蓓蕾，令人讚嘆。

四年一班的故事，當然不只這些！七本新書，帶給我們更多的訊息。

班長巧慧是陳老師的好幫手，冷靜、理性，擁有強健的心理素質，家庭的教養給她很大的助力。在《椅子會唱歌？》中，劉家大厝改建，伯叔重聚故里，儘管三兄弟的成就大有不同，與父親曾有的互動，有百依百順的，有爭執衝突的，也有抱憾在心的，但都是因為「愛」的緣故啊。巧慧跟著爸爸、媽媽回家，與堂哥、堂妹去老宅探險，聽見椅子搖擺的聲音，還以為是爺爺的靈魂回來，坐在椅上搖啊搖。全家人對爺爺的思念，都在不言中。

與巧慧最要好的同學繽繽，綽號「冰淇淋」，卻有完全不同的性情，活潑、感性，勇於嘗試，也敢於認錯。因為作文本沒拿回來，忘了寫作文，跟老師謊報作文本丟在公車上。管家琪老師以《對面的怪叔叔》為題，創造一位拖稿未交的鬍子作家，謊稱照顧一隻從樓上跌下來的貓；來對比繽繽說謊的行為。誠實真好，說謊很累人，因為「每說一個謊，要用二十個謊言來掩飾」呢！

看見同學養寵物，繽繽也動心。《懷念小青》故事寫下繽繽養了兩隻小烏龜，最後不敵病菌感染，雙雙去了天國。繽繽把心中的遺憾說給楊校長聽；回家後，她要去幫助鄰居的森森，好好照顧小白狗。

養寵物之外，繽繽陪奶奶在陽臺種蔬菜，也是個新鮮的經驗。樓下森森的外婆有志一同，也來種菜，森森卻想「揠苗助長」，讓菜苗長高一點。在《好預兆》中，還有兩條脈絡：第一、福利社的阿姨很生氣，因為她的孩子龍龍為了做直銷，回家要錢；第二、爸爸的朋友老鬼，以「算命」為手段，誘引爸爸加入直銷。故事結束在校園開出了一片農田，請龍龍來負責耕作，讓班上的孩子也來實習。精緻的結構，說明勤勞才有結果，想「一步登天」要不得。

故事中有四個比較搶眼的男生。幼稚園大班的森森，常有些滑稽舉動，添加笑點，不過他卻比繽繽先學會騎腳踏車呢。

李樂淘與李家富是一對班寶，有點像美國好萊塢影片中的喜劇雙人組合勞萊與哈台。樂淘喜歡搧風點火，家富則是大喇叭，兩人可以把小小事情掀成狂風暴雨。那一天，陳老師帶一箱雞蛋來教室，發給大家「照顧」，好體會父母撫養子女的辛苦。不到半天，很多人打破了，就來搶其他同學的雞蛋。恰好隔壁班的宋小銘來串門子，他銳利的眼睛，發現樹上有個鳥巢，班上同學又爭相爬樹去看小鳥。混亂的場景，無法收拾，還驚動了楊校長。這就是熱鬧的《保護寶貝蛋》！

宋小銘家教較嚴，奶奶強迫他假日陪伴去市場撿寶特瓶，被同學傳述，覺得很丟臉。他把奶奶做的小紅布包送給了繽繽，卻讓森森的外婆發現，小布包的製作人曾有幫助窮人的義舉，新聞報導過。原來，小銘的奶奶勤儉、積聚，並不是自私自利的行為。《紅色小布包》一書中，說明了勤儉的美德，也間接暗示家人更須相互溝通了解。

最熱鬧的故事是《藏在心裡的疤》。班上同學鬧事，訓導主任要班長記下名字，巧慧獨漏了繽繽的名字。樂淘為什麼會起鬨呢？家富為什麼要生氣呢？繽繽又如何加入戰局呢？巧慧做出不誠實的行為，該怎麼對陳老師負責呢？恰巧陳老師的國中同學何美麗來訪，勾出當年化學實驗課誤傷美麗，留下永遠疤痕的往事。沒有人不會犯錯，但犯了錯就該坦承道歉，好好溝通，自然可以贏回友誼。

透過這十本書，管家琪老師把四年一班的師生給寫活了，但她也想要點出這些孩子的性情都是原生家庭培養出來的，如果家庭和睦，夫妻、婆媳、父子、母女溝通良好，孩子自然健康、開朗，未來也會有良好的處世態度。而「態度決定了人生的高度」，就是管家琪老師投入「有品故事系列」書寫最大的目的吧！

自序

惜福有福

管家琪

各行各業，那些出類拔萃真正「大家」型的人物，在性格上往往都會帶著童心，不會那麼世俗；生活作風往往也都比較儉樸，不會那麼虛榮，所以他們才會始終保持著一種理想精神，能夠從比較單純的角度看待事情，進而清醒的看清事物的本質。同時，他們絕不會將過多的精力花在追求物質享受上，而是把心力放在真正有價值的事情上。

更何況在資源日益短缺的現代社會，浪費更成了一種罪惡，節儉也更是一種美德。節儉的好處是多方面的，只要懂得節儉，不僅可以保障我們自己過上小康生活，還可以使我們有能力去幫助別人，無論對於小我或是大我來說，都是一件好事。

目錄

出場人物

宋小銘

隔壁班同學，和李樂淘是好朋友，喜歡新奇有趣的事。

宋小銘媽媽

打扮時尚，喜歡下廚、挑戰新鮮事物。

宋小銘奶奶

個性節儉、善良，假日常到市場回收寶特瓶。

林齊繽

小名繽繽，個性活潑、喜歡挑戰不同事物。和巧慧是最要好的同學。

劉巧慧

四年一班的班長，冷靜、理性，而且細心，是班導陳老師的好幫手。

張子陽

運動健將，大嗓
門，經常和李樂淘
在班上調皮搗蛋。

李樂淘

好動，是班上有
名的調皮鬼，下
課時常在走廊上
追趕跑跳。

馬老師

宋小銘班導，個
性冰冷，戴著老
花眼鏡，擁有資
深教學經歷。

李宗富

小平頭、身型瘦
小，個性開朗，是
班上的大嘴巴。

陳老師

本名陳小靜，本系
列核心人物，四年
一班導師，對教學
充滿熱情。

陳老師的發現

星期天早上，陳老師特別起了一個大早，想要陪媽媽上菜市場。陳老師有這個念頭已經很久啦，只是平常工作很忙、很累，每到假日就總想多休息一下，但是這天不一樣，這天臨近媽媽的生日，陳老師覺得怎麼樣都應該把握這個週末，好好的陪陪媽媽。首先，就從陪媽媽上菜市場開始。

看女兒居然主動表示要陪自己上菜市場，做媽媽的當然非常高興，兩人手挽著手，有說有笑的朝著菜市場走去。

如果是陳老師自己要買東西，她喜歡上超市，覺得超市無論是環境或是生鮮食品都很乾淨，購物很舒服。可是呢，她知道媽媽比較喜歡去傳統市場買菜，她總說超市裡的東西貴，還不見得好，至少媽媽堅信還是傳統市場裡賣的東西比較新鮮，所以，陳老師打定主意，既然今天是陪媽媽上菜市場，一切都以媽媽的意見為主，媽媽愛上哪兒去買菜就上哪兒去吧。

當媽媽沿著一個又一個的攤位東挑西選的時候，陳老師其實並沒有把注意力真正放在買菜上，她更關心腳下不要踩到什麼髒東西，同時，她對於這裡的人，包括賣菜的小販以及買菜的顧客都很感興趣，忍不住就這樣觀察了起來。就在東看西看的時候，陳老師發現前方有一個小男孩正愁眉苦臉的跟在一個老婆婆的後面撿寶特瓶。

「這個小孩怎麼看起來這麼眼熟？」陳老師心裡想著，很自然的又多看了幾眼。

忽然，小男孩的眼神也正好往這兒一

掃，看到了陳老師，沒想到，他竟然一臉慌張，馬上就低下頭，迅速的把視線移開了。

這樣的舉動讓陳老師聯想到，小男孩是認識自己的，那麼，他一定是自己學校裡的學生了？認出

自己是學校裡的老師，不想「相認」、不想打招呼，才趕緊把臉別過去？

可是……陳老師又看了一下，覺得小男孩臉上那種慌張的神情，似乎不只是因為看到學校老師不想打招呼這麼簡單，好像還有一點別的原因，但到底是什麼？陳老師一時也不能確定。

「哎，你在看什麼？」媽媽感到奇怪的問。

陳老師回過頭來，看到媽媽買了一大把青菜，趕快伸手接過來拿著。

「我覺得那邊有一個小男孩好像認識我。」

「是你的學生嗎？」

「不是，但應該是我學校裡的學生。」

「既然不是你的學生就算了吧，你別管這麼多了。」

「可是總是我學校裡的學生啊。」

陳老師想了想，又說：「而且就算不是我們學校裡的學生，看到小孩子有困難也應該幫忙的嘛。」

「哪裡幫得過來啊，你就是這樣，所以事情才會這麼多！走吧，陪我去買五花肉。」

陳老師陪著媽媽走了幾步，忍不住回頭用眼神再找一找剛才那個小男孩，結果意外發現小男孩其實也正看著自己，只是他馬上又趕緊把視線移開了。

「看他的年紀，應該跟我們班的小朋友差不多大……」想到這裡，陳老師忽然認出小男孩是誰了！

她想再確認一下，不過，才一眨眼的工夫，小男孩就已經沒了蹤影。

怡美西
希爾絲
永泰
事務
全
CD
元起
80
150

宋小銘的擔憂

第二天一早，才剛剛來到學校，陳老師正準備要進辦公室的時候，一個小男孩從樓梯轉角處匆匆跑到她的面前，小聲的說：「陳老師……我可以跟您說一件事嗎？」

這是隔壁班的宋小銘，陳老師知道他和自己班上的李樂淘是幼稚園的同學，到現在兩個人還是蠻要好的，

經常可以看到他們玩在一起。陳老師昨天在菜市場裡看到的小男孩，就是宋小銘。

「好啊，什麼事？」陳老師問道，猜想一定是跟昨天的事有關。

「昨天……」

宋小銘一臉尷尬和為難，才講了兩個字就停住了。

陳老師乾脆主動問道：「看到老師為什麼不打招呼？」

才剛剛這麼問，陳老師就想起以往在校園裡碰過宋小銘好幾次，每次他都會跟自己打招呼，印象中他應該不是一個沒有禮貌的孩子呀，真奇怪！

陳老師又問：「昨天你明明已經看到老師了，你也知道老師看到你了，為什麼不跟老師打招呼，連老師看你的時候，你還要故意躲開？」

「老師，對不起……」宋小銘頓了一下。

「跟你在一起的那個老婆婆是誰？」

「是我奶奶……」

陳老師原本以為宋小銘接著會解釋一下自己昨天的行為，沒想到宋小銘接下來說的卻是：「老師，你可不可以不要告訴李樂淘昨天在菜市場看到我在做回收？我不想讓他知道。尤其是跟他很好的李家富，李家富是一個大嘴巴，我怕他會到處亂說。」

「怎麼了？你怕李家富亂說什麼？」

「怕他到處跟人家說我跟奶奶一起在做回收，怕大家會笑我們家很窮……」

說到這裡，宋小銘皺了一下眉頭，好像頗為煩惱，「其實我們家並不窮，可是每次奶奶來我們家，總是會強迫我跟她一起出去撿寶特瓶！」

「撿了以後呢？」

「當然是拿去賣啊！每次那麼辛苦，撿了一大堆，根本換不了多少錢，可是奶奶就是非要我跟她一起去撿……反正我不想讓人家知道這些事就是了！」

「好的，我知道了，我不會跟李樂淘和李家富他們說的，放心吧。」陳老師看看時間，「我很想跟你多聊幾句，不過我現在得去開會了，也許我們找時間再聊聊好不好？」

「嗯，拜託了，謝謝您，陳老師！」說完，宋小銘就匆匆忙忙的跑掉了。

看著宋小銘的背影，陳老師心想，原來是這麼回事，昨天宋小銘是被奶奶強拉著去撿寶特瓶，他不想被同學們知道，也很怕被認識的人發現，可是偏偏碰到了學校的老師……難怪！陳老師回想，難怪昨天宋小銘會顯得那麼慌張，而當自己注視他的時候，他還趕快把視線移開，不敢或是不肯看自己一下。

陳老師又想，宋小銘的奶奶為什麼會強拉著孫子去撿寶特瓶呢？

這一定是一個非常節儉的老太太吧……

「如果他是我們班上的同學，也許在今天的『分享課』上，他會有一個特別的故事可以講給大家聽。」陳老師不免這麼想著。

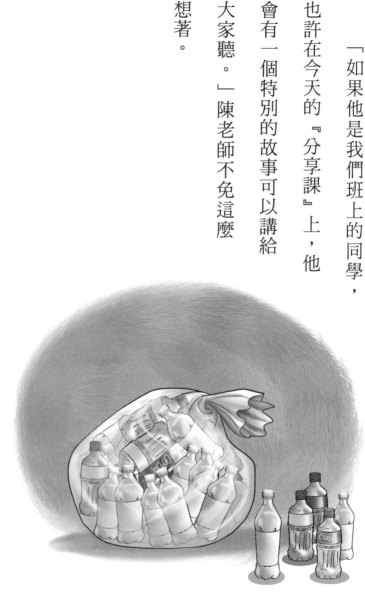

宋小銘的奶奶

說真的，宋小銘愈來愈不喜歡奶奶來；每次奶奶一過來小住，爸爸媽媽就老是會吵架。

吵架的起因當然都是為了奶奶。

媽媽說，她可以理解像奶奶那一輩的人，因為經歷過物資嚴重缺乏的年代，心理上留下的烙印太深，以致於到了現在，明明日子過得很不錯，完全不愁吃也不愁穿，奶奶卻還是很沒有安全感，總是很怕會不會有一天又突然一下子什麼都沒有了。

由於危機感很重，這些老人家普遍都很節儉。媽媽常說：「節儉本來也是好事，可是如果太過頭就不好了，畢竟錢是身外之物，生不帶來死不帶去的，要那麼多的錢幹嘛？」

可想而知，在媽媽看來，奶奶的節儉就是過了頭的。宋小銘曾經聽媽媽向朋友抱怨過，總說奶奶太小氣了，甚至還說奶奶很「摳門」。

當時宋小銘還在上幼稚園，有一天，在吃晚飯的時候，宋小銘傻頭傻腦的當眾問道：「爸爸，門要怎麼摳啊？門不都是要用敲的或是撞的，不是應該講『敲門』或『撞門』，怎麼會是『摳門』呢？」

餐桌上的三個大人一下子都愣住了。

媽媽很快就反應過來，紅著臉催促道：「趕快吃你的飯，吃飯的時候少囉唆！」

「人家我只是想弄清楚嘛。」宋小銘突然被兇了一下，還不知道是怎麼回事。

爸爸和奶奶則都是鐵青著臉。爸爸還冷冷的問道：「你是從哪裡聽到『摳門』這個說法的？」

這個時候，宋小銘已經隱隱約約感覺到自己好像說錯了話，但是面對爸爸的逼問，又不敢相應不理，只得囁嚅的老實交代：「是……是今天聽媽媽跟王阿姨說的。」

媽媽氣急敗壞的大叫一聲：「要死了你！吃完了就趕快下桌，別在這裡胡說八道！」

媽媽的失態，其實正好說明了一切，爸爸和奶奶都很清楚一定是媽媽跟朋友批評奶奶「摳門」了。

等到宋小銘稍微大了一點，比較理解「摳門」這個詞以後，偶爾想起自己上幼稚園時的莽撞，居然害得媽媽那天被爸爸和奶奶圍攻，心裡就覺得對媽媽很抱歉；因為，他現在完全能理解媽媽，也覺得奶奶實在是太摳門了。

比方說，只要奶奶一過來小住，冰箱裡就會塞滿剩菜，不管是在家吃，或是出去上館子，任何一道菜哪怕是只剩下一小口，奶奶也一定要打包。媽媽說過好多次，說這樣打包很不好意思，可是奶奶總說，有什麼關係，能打包當然要打包，為什麼要浪費食物，而且，很多道菜的最後一小口，到了第二天又可以至少讓一個人吃飽了。雖然「那個人」總是奶奶自己，因為奶奶捨不得讓兒子、兒媳以及小孫子吃剩菜，總是自己

搶著吃，但光是看到冰箱裡塞滿那麼多的剩菜，媽媽就很不舒服。

還有，每次奶奶一來，儘管天都已經完全黑了，奶奶還是不太情願開燈，總說外面還有亮光，

屋裡何必要開那麼多的燈，太浪費了。洗澡時，大家也休想再慢慢洗，因為奶奶總是會在外面一直敲浴室的門，好心的督促著快點洗，別浪費水。

總之，只要奶奶一來，媽媽的神經似乎總是繃得很緊。偏偏爸爸還經常站在奶奶那一邊，爸爸總說，老人家都是這樣的，生活習慣當然跟我們不一樣，隨她去吧，最好是能順著她一點，讓老人家開心，何況節儉是一項美德。就因為爸爸抱持著什麼都要依著奶奶的態度，不管是節儉也好、摳門也罷，奶奶在某種程度上好像都愈來愈嚴重，媽媽也愈來愈難以忍受，結果，最近一聽到奶奶要來，媽媽居然就那麼巧，正好要出差半個月，連宋小銘都懷疑媽媽是不是故意避開。

「真不公平！」宋小銘憤恨的想。

宋小銘真是滿腹委屈。奶奶來了，媽媽自己卻躲起來，不管他，那他怎麼辦、怎麼應付啊！搞得現在奶奶居然還會拉他出來，強迫他一起去撿寶特瓶，他也不能拒絕，爸爸還說什麼「也好，這也是一項磨練」，宋小銘真是快氣死了！

對於奶奶的安排，宋小銘當然是一百萬個不樂意。不管奶奶怎麼說，什麼積少成多啦、聚沙成塔啦，就算是小錢也可以拿來幫助很多貧困的人啦，宋小銘都不信，反而認為那只是奶奶說的好聽話，實際上還不是想奴役他。至少，空寶特瓶拿去換了錢以後，奶奶是一毛也沒給過他。

「唉，我怎麼會這麼倒楣啊……」就在剛結束的上個週末，當宋小銘又被奶奶拉著去撿寶特瓶的時候，他一路上都是愁眉苦臉，一直東張西望、提心吊膽，很怕會碰到什麼認識的人，沒想到結果還真的碰到了李樂淘的老師。

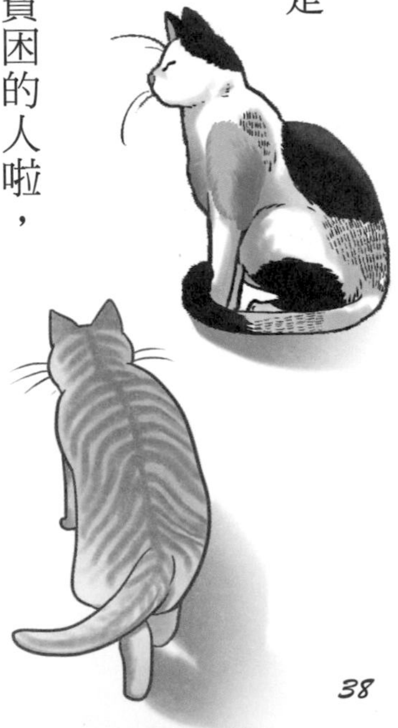

分享課

陳老師不定期會帶班上的小朋友上「分享課」。所謂「分享課」，就是陳老師先提出一個主題，讓小朋友站在全班同學的面前，發表自己的經驗和看法；一方面，陳老師是想要訓練孩子們的表達能力，畢竟，能夠站在大家的面前有條有理的發表一段想法，比坐在臺下跟旁邊的同學隨意信口開河要來得具體；另一方面，陳老師在擬這些分享話題的時候，也是費了一些思量，希望能在很自然的情形下，對孩子們進行品德教育。

今天的分享課，陳老師要大家談一談自己的小撲滿，陳老師在前一天還說，最好能帶一個自己用得最久的小豬撲滿來，這樣就可以一邊講、一邊展示給同學們看。

沒想到，才剛要開始上課，好多小朋友就紛紛說自己沒有小豬撲滿。

譬如，李樂淘就說：「我只有在每年過年的時候才會有錢，可是那些壓歲錢都是一拿到馬上就被媽媽給拿走啦，媽媽說放在我這裡我會亂用，還是她幫我存起來比較好，所以我根本沒有小豬撲滿。」

李家富也說：「是啊，我也沒有小豬撲滿，只有『爸爸銀行』，不過，我存了好幾年，到去年才發現凡是進了『爸爸銀行』的錢，就再也拿不出來了。」

陳老師問道：「難道平常爸爸媽媽都不給你們零用錢嗎？」

在陳老師的想像中，如果能夠把沒用完的零用錢一點一點的存起來，從小養成儲蓄的習慣，是一件多好的事情，她自己小時候就是這樣啊。

然而，小朋友們七嘴八舌，陳老師聽了半天，只聽到很多小朋友都表示，他們的爸爸媽媽都說反正吃的、穿的、用的都由他們買好了，或是準備好了，所以大人都覺得小朋友的身上最好不要放錢，免得他們會拿去亂買零食，或是擔心他們會跑去網咖上網。

小朋友們一片嚷嚷，陳老師愈來愈覺得這回出的分享話題似乎不大理想，萬一小朋友們會錯意，跑回家去亂說，讓家長誤會，以為自己是在學校裡批評大人不給小孩零用錢，那可就糟了。

陳老師的心跳開始加速。她想，算了，還是乾脆趕快結束今天的話題吧……

就在這時，陳老師看到林齊繽的小手舉得高高的。

「林齊繽，你要說什麼？」陳老師問道。

繽繽站起來，大聲說：「我有一個小豬撲滿，我今天帶來了。」

既然如此，陳老師不能不讓繽繽跟同學們分享，只好讓繽繽帶著她的小豬撲滿走到臺前。

繽繽先把她的小豬撲滿舉起來讓大家看清楚。這個小豬撲滿並不大，繽繽攤開兩隻手掌，正好可以把它捧著。它是紅色的，雖然有點兒舊舊的，漆的顏色也都有些斑駁，以致於連一隻眼睛都有些看不太清楚了，但因為是塑膠做的，不會壞，還是可以看出全新時候那種喜氣洋洋

的感覺。

繽繽告訴大家，其實她早就不用這個小豬撲滿了，後來她用的是另外一個木頭娃娃的撲滿，但是因為她覺得這個紅色的小豬很可愛

（這時，李樂淘開玩笑的說：「是紅色獨眼豬！），再加上這是奶奶送給她的，所以儘管早就不用了，但她還是一直把它放在自己房間的櫃子上。

繽繽還告訴大家，她還記得奶奶經常說，「大富由天，小富由儉」。所以，在自己還在上幼稚園的時候，奶奶就送給

她這個紅色的小豬撲滿，希望她能養成節儉和儲蓄的好習慣。

聽到繽繽的「分享」，陳老師真有一股衝動——她真想衝上前去一把抱住繽繽，再跟繽繽說一聲「謝謝」！

太好啦，「大富由天，小富由儉」，意思是說，想要「大富」往往要靠命定，但如果想要「小富」，卻是可以透過節儉這種美德來達到，是人人都有機會的，說得真是一點也沒錯。其實，今天的分享課，陳老師就是想要傳達這樣的想法給小朋友啊！

小「紅人」

午休時間，當繽繽和好朋友巧慧經過中央走廊時，忽然聽到有人在叫：「喂！冰淇淋！」

一聽就知道一定是班上的男生；只有那些男生才會老是把「林齊繽」故意倒過來念成「繽齊林」，好配合「冰淇淋」的諧音。

轉頭一看，果然，三個男生正從後頭跟了上來，其中有兩個是班上的同學，李樂淘和李家富，還有一個是隔壁班的宋小銘；四年一班很多小朋友都認識宋小銘，因為他經常跑來找李樂淘，有些科任老師還以為宋小銘也是四年一班的呢。

李樂淘笑咪咪的說：「宋小銘想看看你那隻紅色的獨眼豬。」

繽繽說：「什麼獨眼豬，只不過是有一隻眼睛有一點掉漆了而已。」

李樂淘說：「反正看起來很像獨眼豬就是了嘛！」

雖然繽繽知道這一點確實也不能否認，但因為感覺李樂淘好像是在取笑自己的小豬撲滿，當然不樂意，就說：「我才不要拿來給你們看。」

宋小銘意識到繽繽的心思，連忙解釋道：「不是啦，是我小時候也有一個紅色的小豬撲滿，我只是好奇想看看是不是同一款。」

繽繽聽了，抵觸的情緒緩和了一些，「應該差不多吧！」

宋小銘又說：「我的小豬撲滿也是奶奶送我的，我記得當時一看到上頭的紅色就受不了……」

「為什麼？」巧慧問道：「你不喜歡紅色嗎？」

繽繽也說：「就是啊，紅色有什麼不好，我就蠻喜歡紅色的。」

「喂喂喂！」李樂淘指著宋小銘說：「他是男生耶！」

巧慧還是說：「男生又怎麼了？誰規定男生就不能喜歡紅色啊？」

李樂淘說：「哎呀，你們不知道，宋小銘在讀幼稚園的時候，根本就是一個『紅人』，因為那時他的奶奶跟他們一起住，老是讓他穿紅色的衣服、紅色的鞋子，冬天的時候還會讓他戴一頂紅色的毛線帽，宋小銘經常整個人從頭到腳都是紅色的，很誇張！」

宋小銘補充道：「沒辦法，我奶奶就是喜歡紅色，連很多其他的東西也都給我準備紅色的……」

這時，剛才一直沒吭聲的李家富忽然笑了起來。

大家一臉困惑的看著他，不明白李家富在笑什麼。

李樂淘還捶了李家富一記，「幹嘛？笑什麼啊？」

「我在想你剛才說的那個『紅人』……」李家富笑道：「宋小銘小時候不是很胖嗎？我在想，其實不是『紅人』，應該是『紅豬』

嘛！哈哈！還說什麼想看『紅色的豬』，明明自己就是了！而且他的奶奶……」

李樂淘瞪著李家富，喝斥一聲「你無聊耶！」，似乎是不想讓李家富再說下去。

說完，李樂淘伸手做出揮拳的樣子，李家富見狀馬上嘻嘻哈哈就跑掉了，而李樂淘拔腿就追，連帶宋小銘也跟著在後頭瞎追。才幾秒鐘的功夫，三個男生很快就跑得無影無蹤。

繽繽和巧慧互望一眼。

繽繽說：「我們剛才話好像還沒講完吧？」

巧慧聳聳肩，「管他的，男生就是這樣，總是神經神經的！」

紅色的小布包

第二天，當宋小銘拿了一個紅色的小布包來給繽繽的時候，繽繽有些意外。

「幹嘛？這是什麼？」

宋小銘說：「是我奶奶給我的，小布包是她自己做的，說是給我放零錢或是一些雜七雜八的東西，可是我從來沒用過，還是新的，你不是說你喜歡紅色嗎？送你好了。」

說完，宋小銘把小布包往繽繽的桌上一放，就一溜煙的跑掉了，根本不讓繽繽有什麼機會考慮要不要接受。

倒是李樂淘很自然的跟繽繽說：「沒關係啦，你就收下好了，這樣也算是幫他，他有一大堆紅色的東西，都不想要，早就想塞給我了，可是我也不要……」

講到這裡，李樂淘頓了一下，又強調道：「我是男生，我才不要用這些紅色的東西。」

繽繽把小布包拿在手裡仔細欣賞了一番，覺得真像電視上那些古裝人用的錢包，在小布包上方用來收緊開口的紅繩也很好看，是用三股紅線紮成的，好像一條紅色的小辮子。小布包打開來，裡頭還有用絲線繡成的「惜物」兩個字。

繽繽問李樂淘：「這真的是他奶奶做的？我覺得很可愛耶。」

「那當然，」李樂淘自以為是的回答：「我就知道你們女生都會這樣說。」

「是真的啊。」繽繽轉身就把小布包拿去給巧慧看，巧慧也覺得挺可愛的。

這天，繽繽放學回家，一進家門，就看到樓下的小芳鄰森森也在。

「姐姐，新的雜誌來了，快來唸給我聽！」森森高興的說。

奶奶也說：「森森已經等了你半個小時啦。」

每次只要雜誌一寄到家，森森總是迫不及待的拿到樓上，要跟繽繽共讀。

「好啦，等一下。」說著，繽繽就先把小布包拿出來給奶奶看。

「哪來的？」奶奶端詳了一下，然後把小布包打開來，「喲，裡頭還有字……」

森森一聽，趕緊湊過來，「是什麼？我來看！」

森森最近認識了不少字，對認字還挺感興趣的。

只見森森專注的看了一會兒，大聲唸道：「借……借什麼……」

繽繽說：「不是『借』啦，是『惜』，不過這兩個字長得很像就是了。」

「什麼是『惜』？」森森問。他學過「借」，但還沒學過

惜物

「惜」。

「好像有好幾個意思，不過在這裡應該是愛護的意思吧，」繽繽指著森森不認識的那個字，告訴他：「因為這個字是『物』，指東西，所以連在一起，『惜物』，就是說要『愛惜東西』的意思。」

奶奶在旁誇獎道：「繽繽，你真像一個小老師，解釋得真好。」

「愛惜東西，」森森唸了一下，「為什麼這個包包裡面要繡這兩個字？」

「大概是提醒吧，這是我們同學的奶奶繡的。呃，其實是隔壁班的同學。」

這時，奶奶忽然說：「奇怪，我怎麼覺得這個小布包好像在哪裡看過？」

奶奶想了一會兒，「啊，我想起來了，我看過一篇報導，說有一個老太太，平常生活非常節儉，把省下來的錢都拿去捐給山區貧困的孩子，她還會做一些小布包送給他們，並且在每一個小布包裡都繡上『惜物』兩個字。我記得報導還說，老太太是想勉勵那些物質比較匱乏的孩子們，不要洩氣，『只要懂得珍惜衣服就會有衣服，珍惜糧食就會有糧食』。」

「這是什麼時候的事啊？」繽繽問。

奶奶說：「我也記不太清楚了，有好

一陣子了吧，因為我特別喜歡那兩句話，『珍惜衣服就會有衣服，珍惜糧食就會有糧食』，所以印象比較深刻。」

「這會是宋小銘的奶奶嗎？」繽繽很懷疑，心想，報紙上報導的人居然有可能出現在自己的生活周遭？這簡直太不可思議了！

她打定主意，一定要盡快找機會問問清楚。

大嘴巴李家富

第二天，當續續看到宋小銘又來找李樂淘的時候，就趕快跑過去問：「宋小銘，你奶奶是不是會做很多小布包？就是昨天你給我的那一種？」

宋小銘一愣，然後馬上反問：「你怎麼知道我家還有很多？我昨天好像沒說吧？」

「好哇！」李樂淘推推宋小銘，「你是不是到處亂送女生小布包啊？」

「我哪有！」宋小銘面紅耳赤，急著否認。

繽繽趕緊幫忙解釋，說是她的奶奶看過一篇報導，講一個好心的老太太在做善事的時候，都會送小朋友一個自己做的小布包。

繽繽說：「主要是小布包裡頭都繡著『惜物』兩個字，我奶奶覺得這一點實在是太巧了……」

正說著，李家富也過來了，好奇的問：「你們在說什麼？」

李樂淘就簡單的說了一下。

沒想到，李家富一聽，竟然對宋小銘說：「那個好心的老太太應該就是你的奶奶吧，你不是還會和她一起去撿寶特瓶來換錢嗎？我猜那些錢她一定沒有給你，可能就是拿去捐掉了吧。」

此話一出，在場的幾個小朋友都很意外。當事人宋小銘的臉色更是一陣青一陣白，結結巴巴的說：「你……你怎麼會知道……」

但是，他在這麼問了以後，也不聽聽看李家富會怎麼回答，馬上就氣呼呼的跑掉了。

「怎麼啦？」李家富看著宋小銘跑掉的背影，很是尷尬，顯然是完全沒有想到宋小銘會有這麼激烈的反應。

而李樂淘呢，則是跺著腳埋怨李家富：「你喔！真是大嘴巴一個！千叮嚀、萬叮嚀叫你不要說，你看，你還是說出來了！」

李家富很不好意思，頻頻抓著腦袋，低著頭小聲說：「對不起，我忘了。」

原來，就在上個週末，李樂淘和李家富去學校練習羽毛球的時候，經過菜市場，無意中也看到宋小銘和奶奶正一起在撿回收，當時李樂淘就趕緊拉著李家富走開，並且要李家富千萬別跟人家說，更不要在宋小銘的面前提起這個事。

身為宋小銘幼稚園時期的老朋友，李樂淘知道宋小銘有個有一點奇怪的奶奶，不但自己節儉得要命，還總是想要「改造」宋小銘，總覺得宋小銘太浪費了，也不知道賺錢有多麼的不容易，因此不時就會拉宋小銘一起出去撿回收，而宋小銘呢，對於奶奶這些做法是很不樂意的，在李樂淘的面前也曾抱怨過，所以李樂淘很清楚，當宋小銘正在撿回收的時候，絕對不想被同學看到。

可是呀可是，這個李家富就是管不住自己的嘴巴，勉強才憋了兩天，還是不小心脫口而出了。

陳老師被冤枉了

宋小銘一邊跑，一邊在心裡憤恨的想：「哼，大人都不講信用！都是騙子！」

這個時候，他所指的「大人」，當然是指陳老師。此刻，宋小銘認定一定是陳老師不講信用，明明答應他不會告訴李樂淘和李家富他們，可結果卻還是說了。

他的教室在樓上，就在他往樓上衝的時候，那麼巧，迎面居然差一點就撞上了陳老師。

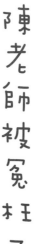

宋小銘看了一眼陳老師，眼神裡充滿了憤恨，很快就低下頭，想從陳老師身邊趕快跑過去。

陳老師馬上就注意到宋小銘的神情不太對勁，在宋小銘正要從自己身邊鑽過去的時候，陳老師眼明手快，馬上一把揪住宋小銘的衣服，硬是把他給扯住。

「宋小銘，怎麼看到老師又不打招呼？」

宋小銘固執的低著頭，不吭聲，只是板著臉，一副很生氣的樣子。

「怎麼了？你好像在生老師的氣？」

「哼，你自己知道，別裝傻了！」宋小銘很想這麼說，但他畢竟

是一個老實的孩子，從來不曾忤逆過師長，如今就算快要被陳老師氣死了，還是沒有當面把這些

不滿說出來，只在心裡這麼想。

「到底怎麼回事？」陳老師還在問。

但宋小銘只是把頭壓得更低，甚至還把臉別過去，掙扎著想要離開。陳老師不敢強留，只能讓他走了。

宋小銘才剛走，李樂淘就跑了過來；他是想要去追宋小銘。

陳老師趕快叫住李樂淘，「哎，那個宋小銘是怎麼回事啊！」

李樂淘就把剛才的事大致說了一下。陳老師一聽，真是急死了。

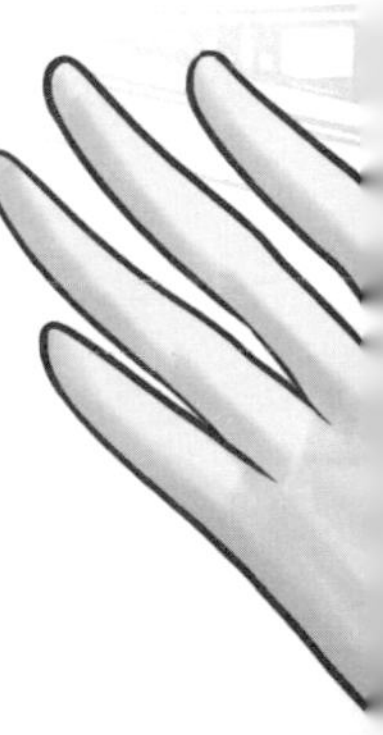

「哎！怪不得他剛才還瞪我呢，好像很氣我，他一定是誤會了，以為是我說的。」陳老師心想，覺得自己實在好冤枉。

被人冤枉的感覺實在是不好受，哪怕是大人被小孩冤枉、老師被學生冤枉，同樣是很不舒服。現在，陳老師就是這樣的感覺，恨不得能夠立刻跟宋小銘解釋清楚。

陳老師想了半天，過了兩節課，總算快要到午休時間了，她趕快先去找宋小銘的班導馬老師。

「馬老師，我想跟您班上的宋小銘說幾句話，好不好？」

陳老師覺得基於禮貌，似乎應該跟馬老師先打一個招呼。

正在批改作業的馬老師抬起頭來，摘下老花眼鏡，看著陳老師，

有些警覺的問道：「怎麼了？是不是他闖了什麼禍？」

「不是不是，我覺得宋小銘這孩子挺乖的，他跟我班上的一個學生很要好，常常到我們班上來……」說到這裡，陳老師忽然注意到馬老師好像有一點不太耐煩，至少是有一點冷冰冰的樣子，於是趕快想辦法長話短說：「是這樣的，宋小銘家就在我家附近，算是我的小鄰居，我有一點事想要找他來幫忙……」

在跟馬老師打過招呼以後，陳老師這才趕快又去找宋小銘。

「宋小銘，請你出來一下！」

陳老師站在走廊，透過窗戶往裡頭喊了一聲。

簡直就像李樂淘有時候過來找宋小銘一樣。

宋小銘看到陳老師竟然「追殺」到自己班上來，一臉很意外的樣子。他似乎猶豫了一下，然後，還是乖乖站起來，走了出去。

解釋

陳老師把宋小銘帶往福利社，和善的說：「今天老師請你吃飯。」

宋小銘卻仍然繃著一張小臉，低聲說了一句：「我不想吃。」語氣中流露出一股濃濃的賭氣味道。

「哎，別這樣，你誤會老師了啦。」

說著，陳老師把右手搭在宋小銘的肩膀上，想要表示親切，不過，很快就感覺到宋小銘的肩膀很僵硬，顯然心裡還是相當的抵抗。

陳老師很著急，乾脆停下來，打算趕快先把話給說清楚。

「我跟你說啊，那天你叫我說的事，我真的沒說……」陳老師斟酌了一下，解釋道：「我老實告訴你吧，我已經弄清楚了，其實，那天是剛好有認識你的同學也看到了，然後才說的……」

「啊，真的？」宋小銘立刻就問：「是誰？是誰看到了？」

「這個……」陳老師一時之間不知道應不應該講，於是就拚命想要轉移話題，含含混混的說：「不管是誰看到，我相信人家都不是有意的。」

宋小銘不吭聲，兩顆眼珠子一轉，好像想到了什麼，神情有些複雜；一會兒像是恍然大悟，一會兒又像是更加迷惑……

宋小銘心想，難道是被李樂淘看到了？不過——宋小銘馬上又想，李樂淘跟自己這麼鐵，就算被他看到了，他應該也不會在學校裡宣傳，這一點宋小銘是很有信心的，那麼，難道是被李家富看到的？宋小銘想想，覺得好像也不對，因為李家富是有名的大嘴巴，如果是被他看到了，他應該在禮拜一早上一到學校就開始廣為宣傳才對，怎麼還會等到今天？不過，宋小銘再回想一下，就覺得當時李家富好像也不是故意要宣傳或是有意要取笑，只是不經意的說了出來。

看宋小銘的臉上不再有之前那種忿忿不平的表情，陳老師總算是放心了，也總算有機會能好好的問問另外一個問題。

「就算是幫奶奶一起做回收、撿寶特瓶，也不是什麼丟人的事，你為什麼要這麼介意被別人看到呢？」

宋小銘想了一想，委屈的說：「我就是不喜歡做這些事，我不懂為什麼奶奶總是要強迫我去做，每次撿了半天根本換不了多少錢，我覺得真的一點意義也沒有！」

就在這時，繽繽和巧慧一起匆匆趕過來。

繽繽說：「宋小銘，你還沒有告訴我，那個好心的老太太是不是就是你的奶奶？」

宋小銘這才猛然想起，對啊，上午他們本來是在講這件事的，後來被李家富那麼一扯，就全亂了。

宋小銘說：「我也不知道啊……應該不是吧，我從來就沒有聽奶奶說過啊！」

繽繽說：「可是那個小布包，怎麼會那麼巧呢？」

陳老師問道：「什麼小布包？」

繽繽於是又講給陳老師聽。

陳老師看看宋小銘，「看來，你只有回家去問問你奶奶了。」

宋小銘點點頭，「我回去就問。」

接著，宋小銘看著陳老師，有些疑惑的問：「老師……你為什麼要對我這麼好？我又不是你班上的……」

「咦，什麼話，」陳老師笑笑，「每個大人都應該要盡量的對孩子們好啊，何況我還是學校裡的老師嘛。走吧，去吃飯。」

現在可以輕輕鬆鬆的吃頓飯了，陳老師很高興。

「來，你們兩個也一起來吧。」陳老師招呼著繽繽和巧慧。

宋奶奶的愛

在誤會解釋清楚以後，陳老師的心理壓力解除了，可是宋小銘卻不可能像陳老師那麼輕鬆；他忍不住一直想著繽繽說的那個好心的老太太，還有裡頭繡著「惜物」兩個字的紅色小布包……

「林齊繽說的那篇報導，那個報導上的老太太，真的會是奶奶嗎？」幾乎一整個下午，宋小銘不時就會想到這件事，想著想著上課期間還走神了好幾次。

他真恨不得能立刻飛回家、飛到奶奶的面前，好好的問問清楚。

好不容易，終於放學了，宋小銘急急忙忙往家裡趕，一路上一直盤算著待會兒見到奶奶以後該怎麼說？該從哪裡問起？

一回到家，宋小銘還沒看到奶奶，就非常驚訝的看到媽媽正坐在客廳裡整理一些書報雜誌。

「媽媽！你回來了！」宋小銘很是驚喜，「我還以為……」

他沒有再講下去，但是，媽媽已經能夠心領神會，知道兒子的意思是說，原本以為她是要等到奶奶走了以後才會回來，沒想到卻提早回來了。

「我想想這樣實在不好，所以，就回來了。」媽媽輕描淡寫的說。

宋小銘明白媽媽的意思是說，這樣躲著奶奶不好。

其實，他也這麼覺得；這也就是為什麼他明明很不喜歡奶奶叫他一起去撿寶特瓶，可是最後總還是勉強乖乖跟去，因為，從內心深處來說，宋小銘很不願意違逆奶奶，他覺得爸爸講得也很對，奶奶總是奶奶啊，而且，奶奶年紀都這麼大了，也不好請她改變什麼。

這些道理說起來並不複雜，但是要真正打心底去接受，當然還是有一點難度的，所以宋小銘每回跟奶奶出去才會那麼不情不願，而且還老是怕被同學們看到。

至於媽媽，則是最近這兩天在鄰近縣市的一個老朋友家住了幾天以後，才開始慢慢想通的。

媽媽原本是去找老朋友訴苦的，沒想到才剛剛見面，老友的苦水就已經排山倒海的一股腦兒的當頭澆下！

老友說，她的婆婆太虛榮，太貪圖享受，太難伺候，什麼東西都非要是高檔的，也不管年輕一輩的經濟能力能不能承受。

「我就不懂，她一共就一雙腿，要那麼多雙鞋幹嘛啊……」老友哇啦哇啦的說了一通。

聽多了老友的抱怨，宋小銘的媽媽不免會想，如果真的要比較起來，她的婆婆雖然有時好像有點節儉得過了頭，但是，節儉總不是壞事，還是應該盡可能以善意去理解……

見媽媽好像在發呆，宋小銘問道：「你在幹嘛啊？怎麼把客廳弄得這麼亂？」

媽媽回過神來，看看四周一大堆書報雜誌，解釋道：「我只是在想，如果我把這些舊雜誌整理出來，你奶奶一定會高興。」

說到奶奶，宋小銘想起來了，「奶奶呢？」

「不清楚，我下午回來的時候她就不在家了。」

日本史

「媽媽，我跟你說，你記不記得在我小時候，就是以前奶奶還住在我們這裡的時候，她做了好多的小布包？」

「有啊，我記得。怎麼了？你怎麼忽然問起這個事？」

宋小銘就把今天在學校裡，聽到有關報導裡那個好心老太太的事說了一下。

媽媽聽了，非常驚訝，「會有這種事？奶奶被報紙報導過？我們怎麼從來都不知道？」

媽媽想了一會兒，「原來我們給她的生活費她都捐掉了？怪不得她總是沒錢，還會拉著你一起去撿回收掙那一點小錢！我還一直以為她怎麼這麼愛錢呢！」

正說著，奶奶回來了。看到媽媽在家，好像挺驚訝，但隨即就露出寬慰的笑容，顯然心裡相當高興。

而宋小銘和媽媽同時看著奶奶，都覺得奶奶的頭頂上似乎有一個天使光環。

宋小銘馬上衝上去，「奶奶，我到今天才知道……」

他頗為激動的把在學校裡聽說的故事敘述了一遍。

結果，奶奶很快就承認了，說確實有這麼一篇報導，不過，是刊

在老家當地的報紙上。由於宋小銘家這裡沒有，奶奶也就沒說，總之她自己並不在意，現在聽說有人居然還看過這篇報導，老人家也顯得相當驚訝。

「奶奶，你哪來那麼多的錢幫助那麼多的小孩啊？」宋小銘問道。

這時，奶奶摸摸小孫子的頭，淡淡一笑，輕輕的說了一句：「其實也沒什麼，就只是慢慢的攢，再慢慢的存啊。」

國家圖書館出版品預行編目資料

紅色小布包／管家琪著；郭莉蓁圖. -- 初版. --
臺北市：幼獅文化事業股份有限公司, 2021.03
112 面；14.8×21公分. -- (故事館；69)
ISBN 978-986-449-219-0(平裝)

863.596　　110000048

・故事館069・

紅色小布包

作　　者＝管家琪
繪　　者＝郭莉蓁
出 版 者＝幼獅文化事業股份有限公司
發 行 人＝李鍾桂
總 經 理＝王華金
總 編 輯＝林碧琪
主　　編＝沈怡汝
副 主 編＝韓桂蘭
編　　輯＝謝杏旻
美術編輯＝李祥銘
總 公 司＝10045臺北市重慶南路1段66-1號3樓
電　　話＝(02)2311-2832
傳　　真＝(02)2311-5368
郵政劃撥＝00033368

印　　刷＝祥新印刷股份有限公司
定　　價＝280元
港　　幣＝93元
初　　版＝2021.03
書　　號＝984259

幼獅樂讀網
http://www.youth.com.tw
e-mail:customer@youth.com.tw
幼獅購物網
http://shopping.youth.com.tw

行政院新聞局核准登記證局版臺業字第0143號

幼獅文化公司／讀者服務卡／

感謝您購買幼獅公司出版的好書！
為提升服務品質與出版更優質的圖書，敬請撥冗填寫後（免貼郵票）擲寄本公司，或傳真（傳真電話02-23115368），我們將參考您的意見、分享您的觀點，出版更多的好書。並不定期提供您相關書訊、活動、特惠專案等。謝謝！

基本資料

姓名：________先生／小姐

婚姻狀況：□已婚 □未婚　職業：□學生 □公教 □上班族 □家管 □其他

出生：民國________年________月________日

電話：（公）________（宅）________（手機）________

e-mail：________

聯絡地址：________

1.您所購買的書名：**紅色小布包**

2.您通常以何種方式購書?：□1.書店買書 □2.網路購書 □3.傳真訂購 □4.郵局劃撥 □5.團體訂購 □6.其他（可複選）

3.您是否曾買過幼獅其他出版品：□是，□1.圖書 □2.幼獅文藝 □否

4.您從何處得知本書訊息：□1.師長介紹 □2.朋友介紹（可複選）
□3.幼獅文藝雜誌 □4.報章雜誌書評介紹________報
□5.DM傳單、海報 □6.書店 □7.廣播(　　　　)
□8.電子報、edm □9.其他________

5.您喜歡本書的原因：□1.作者 □2.書名 □3.內容 □4.封面設計 □5.其他

6.您不喜歡本書的原因：□1.作者 □2.書名 □3.內容 □4.封面設計 □5.其他

7.您希望得知的出版訊息：□1.青少年讀物 □2.兒童讀物 □3.親子叢書 □4.教師充電系列 □5.其他

8.您覺得本書的價格：□1.偏高 □2.合理 □3.偏低

9.讀完本書後您覺得：□1.很有收穫 □2.有收穫 □3.收穫不多 □4.沒收穫

10.敬請推薦親友，共同加入我們的閱讀計畫，我們將適時寄送相關書訊，以豐富書香與心靈的空間：
(1)姓名________e-mail________電話________
(2)姓名________e-mail________電話________
(3)姓名________e-mail________電話________

11. 您對本書或本公司的建議：

廣　告　回　信	
台北郵局登記證	
台北廣字第942號	

請直接投郵　免貼郵票

10045　台北市重慶南路一段66-1號3樓

幼獅文化事業股份有限公司

請沿虛線對折寄回

客服專線：02-23112832分機208　傳真：02-23115368

e-mail：customer@youth.com.tw

幼獅樂讀網http：//www.youth.com.tw